# 赞歌中华

刘载爱 著

经济日报出版社

图书在版编目（CIP）数据

赞歌中华 / 刘载爱著. -- 北京：经济日报出版社，2022.12
ISBN 978-7-5196-1253-5

Ⅰ. ①赞… Ⅱ. ①刘… Ⅲ. ①诗集－中国－当代 Ⅳ. ①I227

中国版本图书馆CIP数据核字(2022)第250070号

**赞歌中华**

| | |
|---|---|
| 作　　者 | 刘载爱 |
| 责任编辑 | 王浩宇 |
| 责任校对 | 张　莹 |
| 出版发行 | 经济日报出版社 |
| 地　　址 | 北京市西城区白纸坊东街 2 号 A 座综合楼 710（邮政编码：100054） |
| 电　　话 | 010-63567684 （总编室）<br>010-63584556 （财经编辑部）<br>010-63567687 （企业与企业家史编辑部）<br>010-63567683（经济与管理学术编辑部）<br>010-63538621 63567692（发行部） |
| 网　　址 | www.edpbook.com.cn |
| E — mail | edpbook@126.com |
| 经　　销 | 全国新华书店 |
| 印　　刷 | 北京天恒嘉业印刷有限公司 |
| 开　　本 | 880 毫米 × 1230 毫米　1/32 |
| 印　　张 | 5.25 |
| 字　　数 | 50 千字 |
| 版　　次 | 2022 年 12 月第 1 版 |
| 印　　次 | 2022 年 12 月第 1 次印刷 |
| 书　　号 | ISBN 978-7-5196-1253-5 |
| 定　　价 | 39.00 元 |

# 目录

# 自题

六十多个春秋，
欣逢激荡盛世。

生于粤东深山，
长于闽粤大地。

甚幸十年卫国，
略知商海途歧。

闲余“偷窥”往史，
试手弄文落笔。

聊涂点滴墨迹，
以慰过去时期。

莫徒日后伤悲，
故而与时努力。

欢叹无限时！

# 前言

原生文明四大家，
传承至今唯中华。
埃及印度巴比伦[①]，
古代文明已散沙。

“上穷碧落下黄泉，
动手动脚找东西。[②]”
中国考古有实证，
华夏文明展新意——

中国人类百万载，
文化史程约万年。
五千春秋文明史，
中华渊源无断层。

①四大古文明中的三个。

②引傅斯年语。

抛砖检索明往史，
引玉众泰共溯源。
吾非专业才学疏，
错漏难免祈斧圆。

导引大众知往史，
“七言”叙事应可期。
名人名事有略选，
中华奋进须记取！

第一章

# 盘古开天地

一元复始更新象，
万载华夏百业兴。
子丑寅卯辰巳未，
千回甲子铸国魂。

传说地球更新世①，
混沌天地似浑圆。
孕育盘古②万八载，
开天辟地在此间。

盘古拔牙变巨斧，
挥斧劈成上下边。
撑开天地九万里，
顶天立地两万年③。

①距今约 50 万年。

②传说中开天辟地创造人类世界的始祖。

③传说盘古撑开天地顶立了一万八千年。

笑抚天地盘古去，
五体消失五岳显[1]。
双眼飞天成日月，
声气变为风雨电。

头顶蓝天谓之神，
脚踩大地视为圣。
神圣[2]庄严不可犯，
华夏文明成起点。

天高地阔万物兴，
滋润文明步履艰。
孕育女娲[3]和伏羲，
成为中华创世神。

①指三山五岳。
②高大的青天为神，管理广阔土地的天子为圣。
③上古神话中的创世女神。

第二章

# 伏羲女娲传

时光回到旧石器，
华胥国里一姑娘[1]。
好奇试踩仙人迹，
从此孕子到身上[2]。

传说孕期十二载，
呱呱男婴落东方。
人首蛇身伏羲[3]到，
三皇[4]群里成首皇。

伏羲女娲本兄妹，
昆仑山上结姻缘[5]。
奠基华夏情与脊，
蓬勃创造亿万人。

①即伏羲的母亲华胥。

②相传华胥试踩巨大的脚印后有孕而生伏羲。

③传说华胥怀孕 12 年后生下了人首蛇身的伏羲。

④远古时的天皇氏、地皇氏、人皇氏，后增补伏羲氏等作为“三皇”之一。

⑤兄妹登上昆仑山发誓后，头顶上两朵云真的结合了，因此认为苍天支持兄妹婚配，创造人类。

人文始祖有三皇。
前中后说列九圣[1]。
纵横捭阖辟疆土，
三皇五帝[2]定国兴。

三皇首位当伏羲，
泰山封禅一朝立。
“无端凿破乾坤秘，
始自羲皇一画时”[3]。

羲德友邻成华夏，
统一部落定都陈[4]。
望天测地识阴阳，
《易经》初具八卦[5]成。

①人皇氏兄弟九人，共同出山治理中国，史称“九圣”。
②指远古五方上帝，后增补黄帝等五位上古部落首领为“五帝”。
③出自陆游《读易》。
④昔日陈地，今以河南省周口市淮阳区为中心的大片区域。
⑤传说伏羲看龟背和万物变化总结而成先天八卦。

设定男女对偶制，
人类嫁娶有规依。
开创字符废绳结，
官职地物封姓氏。

创制陶埙①和琴瑟，
曲乐歌谣响邻里。
仿蛛结网教渔猎，
统领诸侯分治之。

创立华夏图腾龙，
蟒身鹿角鹰爪锋。
鲤鳞蜥腿白鲨尾，
龙的传人出此中。

①陶埙（xūn）：中国最古老的闭口吹奏乐器。

抟土①造人无休日，
女娲同是创世人。
传宗续代有衣钵，
力劳无止皋禖神②。

断鳌立极③固天地，
炼就五石补苍穹。
塌天裂地初复貌，
壮丽华夏始母亲！

①抟（tuán）土。
②皋禖（méi）：上古求子所祭祀的神。
③“断鳌立极”是女娲补天时的神话传说。

## 第三章

# 华夏大融合

华夏之前氏族多，
祖先不同各居所。
黄淮江汉①人文地，
连横交合共处和。

谋划融合古先贤，
共同祖先共遴选。
形成华夏新谱系，
史传“五帝”②出此间。

①长江、黄河、淮河和汉江这四个区域。
②众多部族中选出有影响的首领成为共同祖先，史称“五帝”。

《五帝本纪》司马[1]撰，
记录黄帝是轩辕。
颛顼帝喾尧舜[2]在，
“正史”记录当可选。

华夏共祖初确立，
虽存别说但无妨。
百族融合长虹贯，
万众归宗成一体。

①司马迁撰写《史记·五帝本纪》。
②颛顼（zhuān xū）、帝喾（kù）、尧、舜与黄帝一同组成五帝。

第四章

# 黄炎和蚩尤[1]

黄帝炎帝与蚩尤，
时代远至新石器。
华夏人文三圣祖，
三雄互伐战华宇。

蚩尤九黎成苗系[2]，
始炼铜器兴农旅[3]。
蚩黄双雄战涿鹿[4]，
蚩尤败亡身首异。

炎帝传为神农氏，
“刀耕火种”[5]始此帝。
耕种饮炊器具成，
人类初入新世纪。

①蚩（chī）尤。
②苗族。
③用于农业和军事。
④涿（zhuō）鹿。
⑤古人住山洞时，用刀斧开山，放火烧荒开辟适于栽种的土地，播种收获。

黄炎出自有蟜氏①，
父为少典②亲兄弟。
黄姬炎姜③分两支，
阪泉④一战灭炎系。

蚩尤炎帝败亡后，
黄帝擎起大汉旗。
三雄争霸鸣金日，
中华一帝定国基。

自从轩辕⑤成共主，
一统庙堂与九黎⑥。
耕读织造传天下，
内经农桑始兴起。

①有蟜（jiǎo）氏：姒姓部落之一，是上古时代神话传说中炎黄二帝的母族。
②黄帝炎帝的父亲，参见《国语·晋语》。
③黄帝以姬水成姬系。炎帝以姜水成姜系。
④黄帝部落统一华夏过程中与炎帝部落曾在阪泉进行战争。
⑤即黄帝。
⑥蚩尤部族。

《黄帝内经》人为本，
纵合辨治护子民。
理贯千年黄老道[①]，
继往开来迭代成。

黄道要诀客观属，
道法自然少求新。
虚同为一恒一止[②]，
人皆用之莫见形。

桑梓初兴稻与粟，
族居群作雏国成。
农耕不分南和北，
文明遥胜游牧民。

①黄帝之学与老子之学。
②《黄帝内经·道原经》：“恒先之初，迵（dòng）同大虚。虚同为一，恒一而止。”

回望五千多年前，
黄炎蚩尤两集团。
为了牧业浅耕地[1]，
涿鹿之战开新篇。

史上称为第一战，
蛮野华夏显文光。
书经耕织暂兴起，
文明因子注八方。

①争夺中原农牧业土地。

第五章

# 禹帝立夏朝

华夏认同尧舜禹，
尧帝友邻讨四夷[1]。
舜帝接班事天下，
禅让帝位有二人[2]。

禹帝开国夏朝立，
承传图治多励精。
检视“射日”、鲧[3]治水，
历法细耕日趋成。

子承父业治水患[4]，
置设九州[5]探初因。
无因父过生怨气[6]，
竭尽身性为子民。

①四夷：东夷、南蛮、北狄和西戎。

②史传尧禅让帝位给舜，舜禅让帝位给禹。

③鲧（gǔn），禹的父亲。

④禹接替父亲鲧治水，从中汲取失败经验，终于治水成功。

⑤九州又名神州，早见于《尚书·禹贡》中，是汉族先民的民族地域概念。

⑥鲧负责治水十多年，失败而退。

山穷水恶如何解？
踏遍华夏求真经。
改堵为疏顺水意，
成就良田亿万顷。

夏立四百七十载，
农桑青铜始初兴。
劳作自食耕贸旺，
后帝承传不经心。

第六章

# 鸣条夏变商

鸣条之战商灭夏，
先商①续后五百春。
青铜兴盛盖天下，
一鼎铸就中华魂。

王室载录兴文字，
洞悉国典有传承。
金文附加甲骨符，
中华文明新里程。

①商朝分为先商、早商、晚商。

社会形态奴隶制，
“贵戚”把政人“吃”人。
腐败无垠朝纲疏，
百年商厦一朝倾。

“商女不知亡国恨，
隔江犹唱后庭花”①。
迭代前行是天道，
承前启后无他人。

①杜牧《泊秦淮》：烟笼寒水月笼沙，夜泊秦淮近酒家。商女不知亡国恨，隔江犹唱后庭花。

第七章

# 武王建西周

文王世名叫姬昌，
克明慎德施政忙。
奠基周朝收他国，
三分天下二归王。

武王灭商建西周，
定都于镐今西安。
朝续二百七十载，
有为管治强国民。

成王[①]亲政制礼乐，
康王[②]刑错久不用。
奴制盛极却和睦，
成康之治众赞评。

①周成王姬诵，西周第二代天子。
③周康王姬钊，西周第三代天子。

推行农桑井田制，
分耕细作有收成。
周王曾可号天下，
九州共同敬圣人。

幽王废后①国纲乱，
申后结戎②破镐京③。
天子魂归骊山后，
西周灭亡东周成。

①周幽王废黜申后和太子姬宜臼，另立宠妃褒姒（sì）为后，立褒姒之子姬伯服为太子。
②即戎狄，是先秦时代华夏对西方和北方的非华夏部落的统称，即北狄和西戎的合称。
③申后家族联外攻打周幽王，并在骊山下杀死周幽王，西周亡。

第八章

# 东周耀中华

平王继位[1]迁洛城，
前周天子威权停。
诸侯势力渐坐大，
春秋战国自此始。

著名华夏东周史，
其间两段要分明。
春秋延续三百载，
战国也超两百春。

天子薄权虽犹在，
周室九鼎成象征。
待至春秋风摇日，
国争民苦烽烟升。

①周幽王死后，诸侯们拥立前任太子姬宜臼继位，是为周平王。

百家争鸣人才出，
首推大成孔圣人①。
天纵骄子儒学广，
福荫中华几千年。

孔子名丘字仲尼，
春秋时期鲁国人。
创立儒学成国粹，
倡教仁义礼智信。

弟子三千贤七二②，
播秧华夏多育人。
《诗》《书》《礼》《乐》《易》《春秋》，
六部圣作筑国魂。

①孔子，古代思想家、哲学家、文学家和史学家，儒家创始人。
② 72 个贤士。

仲尼[1]拜师七岁童，
项橐[2]英智在其中。
“师生”问答人间事，
一再令丘无地容。

太上老君为老子[3]，
创建道家教众民。
文史哲思一脉传，
道教道祖无二人。

鬼谷先师思虑远，
战略谋划夺先声。
合纵连横是鼻祖，
军事谋略集大成。

①即孔子。孔子名丘，字仲尼。

②项橐（tuó）：春秋时期神童，虽只有七岁，已然成为孔子老师，后世尊项橐为圣公。

③李耳，春秋末期人。古代思想家、哲学家、文学家和史学家，道家创始人，与庄子并称“老庄”。道教道祖，称“太上老君”。

宋国大夫是墨子，
科教哲思皆灵魂。
兼爱尚同物理说，
非儒即墨两圣人。

芈[1]姓屈原名为平，
楚国朝里外联人[2]。
联齐抗秦遭贬黜，
楚亡沉江明志身。

鲁班姬姓公输氏，
春秋末期鲁国人。
世代工匠多浸染，
方寸规矩筑华庭。

①芈（mǐ）。

②负责楚国外交事务的人员。

钻刨铲尺和墨斗，
师徒大众皆入心。
千代传承宗旨在，
万年华宇不离经。

扁鹊姬姓渤海人，
师从神医长桑君①。
初医治好赵简子②，
受赐山田三千顷。

再医太子尸厥症③，
神医声名播远近。
赴医咸阳遭妒杀④，
秦后扁鹊成国魂。

①战国时的神医，传说与扁鹊交往甚密，尽传医技禁方于扁鹊，于是扁鹊成为伟大的名医。

②战国杰出的政治家、军事家，五日不醒之症被扁鹊治好。

③虢国太子患“尸厥症”（休克），扁鹊使之起死回生。

④扁鹊在咸阳遭秦太医李醯（xī）妒忌杀害。

齐国孙武称孙子，
东方兵圣成鼻祖。
尽览黄帝制胜策①，
遁身吴国著兵书。

《孙子兵法》献吴王，
吴王阅后大赞赏。
选“兵”一百八十个②，
两个爱妃为卒长。

初训“女兵”特傲慢，
斩杀卒长③立军纲。
自此军容换新貌，
吴王虽怒但重赏④。

①古代军事典籍《军政》。

②包括两名爱妃共 180 个宫女让孙子训练。

③两个爱妃按军纪被斩首，吴王非常震怒，但没有惩罚孙子。

④吴王任命孙子为最高统帅上将军。

《孙子兵法》十三章，
兵道势形立提纲。
智信仁勇严“武德”①，
平战相通世无双。

越王勾践成“奴兵”②，
卧薪尝胆谋国兴。
几战夫差灭吴国，
春秋最后成霸君。

庄子老子称“老庄”，
承传道家建树深。
《南华真经》即《庄子》，
影响千年千万人。

①《孙子兵法》的指挥艺术和达到的目的。
②战败后越王勾践成为吴王夫差的奴仆。

《周易》谁作多纷争，
出自伏羲周成型。
集思成经何须究，
千载国粹护国人。

“灌城水色半城山”[1]，
水旱从人无饥馑。
天府之国都江堰，
李冰父子著功勋[2]。

历数两三千年前，
周朝天下多名人。
兵学国学政治家，
彪炳史册第一篇。

①史称都江堰为“灌”。这句是历史的评价。

②战国时期秦国蜀郡太守李冰父子率众采用中流做堰，把岷江一分为二，建设防洪和灌溉工程。

思潮杂混国是争，
连横裂变多阵营。
齐晋宋楚秦争霸，
为秦一统东周定。

第九章

# 一统秦始皇

秦灭六国成一统，
始皇圣名为嬴政。
确立中央集权制，
三公九卿[①]出政令。

书写同文车同轨，
全国统一度量衡。
诸侯割据被铲灭，
废除分封设郡县。

凿通灵渠桑田润，
政令通行到乡间。
路不拾遗民风好，
筑建长城[②]护国民。

①朝廷官职，继承发扬了周朝三公九卿管理模式。

②古代军事防御工事，高大坚固、连绵不断的长垣，阻挡敌骑行动。长城修建历史可上溯至西周时期。

堑山堙谷千八里，
都城驰道全国联。
分区设官紧管辖，
纪功石刻显威严。

为防覆国谋复辟，
强迁吏贾到三川①。
六国②王亲严监控，
二十万户入咸阳。

商鞅变法国力升，
集权格局唯其中。
兵强莫过尉缭子，
白起王翦蒙恬同。

①辖境相当于今河南省黄河以南，灵宝以东的伊、洛流域和北汝河上游地区。
②被灭的六国。

赵佗南征固疆土，
派遣秦人至岭南。
浩荡兵民五十万[①]，
汉中人空南粤满。

北击匈奴收河套，
南定百越固国疆。
三兆平方公里地[②]，
全国集权归中央。

焚书坑儒惨人道，
护政恶计全用尽。
唯有医学农牧籍，
免遭涂炭留人间。

① 50 万将士迁移南岭地区。

② 340 万平方公里。

民脂民膏尽搜刮，
劳民修筑阿房宫。
日夜笙歌似兴盛，
衰败之势胜秋风。

嬴政称皇十一载，
巡查沙丘[1]寿终圆。
百代都效秦政格，
影响中华两千年。

胡亥接班秦二世，
三年为帝恶政悬。
税民深者为明吏，
杀人众者视忠朋。

①今河北省广宗县。

滥用民财天人怒，
处处反秦有烽烟。
陈胜吴广揭竿起，
刘邦项羽闹翻天。

陈吴起兵大泽乡①，
首举义旗逼秦皇。
斩杀秦尉扶苏②起，
三路攻秦各称王③。

项梁项羽叔侄俩，
起兵会稽④渡北江。
巨鹿一战⑤羽声震，
闽越子弟多入邦。

①中国历史上第一次大规模的平民起义。大泽乡位于今安徽宿州西南。
②用已被赐死的秦公子扶苏的名义号召反秦。
③陈胜称楚王，吴广称假王。
④史载项梁、项羽斩杀会稽郡守殷通而起兵。
⑤项羽以 5 万楚军战胜 40 万秦军，也是“破釜沉舟”等豪迈成语的来源。

沛县亭长[1]是刘邦，
三千刑军[2]助战忙。
袭击沛令逃亡后，
率领刑军附项王。

项羽救赵激战多，
进攻关中是刘邦。
迂回攻入武关后[3]，
赵高[4]杀帝秦实亡。

①沛县即今江苏省徐州市丰县。亭长相当于现在的派出所所长。

②刘邦放走的犯人。

③武关，古晋楚、秦楚国界出入检查处，位于陕西省丹凤县，与函谷关、萧关、大散关并为“秦之四塞”。

④秦朝重臣，陷灭李斯，权倾朝野。

赵高[1]权倾秦天下，
废秦皇号改称王。
秦王变成公子婴[2]，
一统大秦裂八方。

赵高赞贬各不同，
稳步登天真枭雄。
宦臣乱纲国不保，
多少咀嚼味其中。

①秦二世时任丞相、中车府令兼行符玺令事。
②秦朝末代秦王，后被项羽杀死。

斥之不忠有史说，
为祖复仇似理通。
秦亡多因赵高计，
事外置评孰偏中？

秦王子婴困庵庙，
施计赵高来祷告。
命人计杀赵高后，
伏降刘邦入汉朝。

中华文明秦有功，
一统政格贯始终。
“三同”举措为同德①，
传世还有兵马俑②。

①车同轨、字同文、统一度量衡，以此促使国人同心同德。
②秦始皇陵兵马俑，被誉为“世界第八大奇迹”。

## 录史

### 对赵高的负面的评价

唐太宗评价赵高：

至如赵高之殒二世，

董卓之鸩弘农，

人神所疾，异代同愤。

### 对赵高的正面的评价

清代吕星垣有诗赞赵高：

赵高赵国诸王孙，求为秦贼肢体残。

赵高名在列仙传，何得仙家滥其选。

索引戋言颇辩冤，鹿马计胜长平战。

日中白虹匿无迹，王孙本是邯郸客。

颇死牧废无英雄，山河西吞惜无策。

颠覆咸阳志已酬，组糸（mì）子婴维尔力。

第十章

# 高擎大汉旗

二十九帝分两汉，
汉朝共历四百年[1]。
风云引领无停歇，
辉煌朝代跨纪元[2]。

文景汉武孝宣治，
光武中兴明章立。
罗马帝国都朝贺，
华夏擎起大汉旗。

回望秦后双雄争，
关中封王归刘邦。
项羽称霸西楚地，
刘项刀兵露锋芒。

①共 405 年。
②唯一跨越公元纪年的主要朝代。

亚父①献计鸿门宴，
项庄舞剑意沛公。
项伯②挥剑破庄势，
樊哙③护邦回军中。

谗言乱纲霸王昏，
五味杂陈关中君。
沛公死里逃生后，
刘项裂隙再加深。

为释项羽心中疑，
邦毁栈道表忠诚。
暗度陈仓再入关，
挥军与楚始争雄。

①即范增。

②楚国将门项氏族人，项羽的叔父。

③樊哙（kuài），泗水郡沛县（今江苏省沛县栖山镇樊庄村）人，西汉开国元勋，军事统帅。

楚汉分界在鸿沟①，
互不逾越表面和。
军师②劝帮灭项羽，
汉军追击楚营破。

两虎终难一山藏，
项羽垓下③战刘邦。
四面楚歌楚军散，
霸王自刎汉诞生。

定陶汜水④登基地，
刘邦拜天众称帝。
设都长安今陕西，
确立郡国并行制。

①鸿沟，公元前 360 年魏惠王组织开挖的中国北方最重要的运河主动脉，起荥阳，过开封，入淮河。

②包括张良、韩信和萧何。

③公元前 203 年 12 月楚汉两军在垓下进行了一场战略决战。垓下，今安徽省灵璧县。

④汜（fán）水。

高祖一统秦旧地，
颁令新律少税役。
兵员归家孚众志，
休养生息强国力。

重农抑商奖耕读，
食住衣暖日丰足。
边关开放和匈奴，
民安国泰开新局。

回想汉室有今朝，
吕后被质霸王巢①。
刘邦败后人质出，
吕后引颈项羽逃②。

①公元前205年，刘邦率各路诸侯共56万大军，趁项羽主力攻打齐国之机攻打彭城，项羽回援打败刘邦，俘获吕后等家人。

②刘邦败后，吕后寻求一死。但项羽认为刘邦已败，韩信虎视眈眈，不应杀吕，于是“放虎归山”。

吕雉辅帝平天下，
铁血手腕毁众枭①。
各个诸侯邦家出②，
汉室江山渐筑牢。

刘邦后室分两边，
戚氏③在后吕雉先。
太子刘盈出吕后，
为保太子毁戚妍④。

①被毁的包括臧荼、韩王信、韩信、彭越、英布等诸侯。

②汉高祖刘邦在统一天下之后，封了八位异姓诸侯王，之后又迅速将异姓诸侯王消灭，而大封其宗室为王。

③汉高祖刘邦做汉王时娶了定陶戚姬，十分宠爱。戚姬生刘如意。

④吕后做了皇太后，下令将戚夫人幽禁，砍断了戚夫人的手脚，剜掉眼珠，熏聋耳朵，喝下哑药，把她扔在窟室里，称为“人彘（zhì）”。

高祖在位十二载，
挞伐英布[①]胸中箭。
邦去盈来[②]即帝位，
吕后把政帝无言。

吕后干政十六载，
专权掌国新社田。
废除秦法“挟书律”[③]，
倡民藏书归读先。

①公元前 196 年，刘邦平定淮南王英布，英布败死，但刘邦也在中箭后不久而亡。
②汉高祖刘邦驾崩，汉惠帝刘盈登基。
③秦始皇实行的一项法令，收藏违禁书者处以灭族酷刑。

刑罚罕用罪者稀，
恢复旧典行无“痕”[①]。
民务稼穑[②]百业旺，
临朝亲政第一颜！

吕氏专权皇族怒，
外戚干政被铲除。
遴选刘恒继帝位，
文景之治立新图。

①无为而治。

②稼穑（sè）。

史称刘恒汉文帝，
躬身国事无巨微。
衣不曳地[1]率节俭，
轻徭薄赋强国力。

刘启继位称景帝，
以德化民再传袭。
民富国强多和睦，
史称文景新盛世。

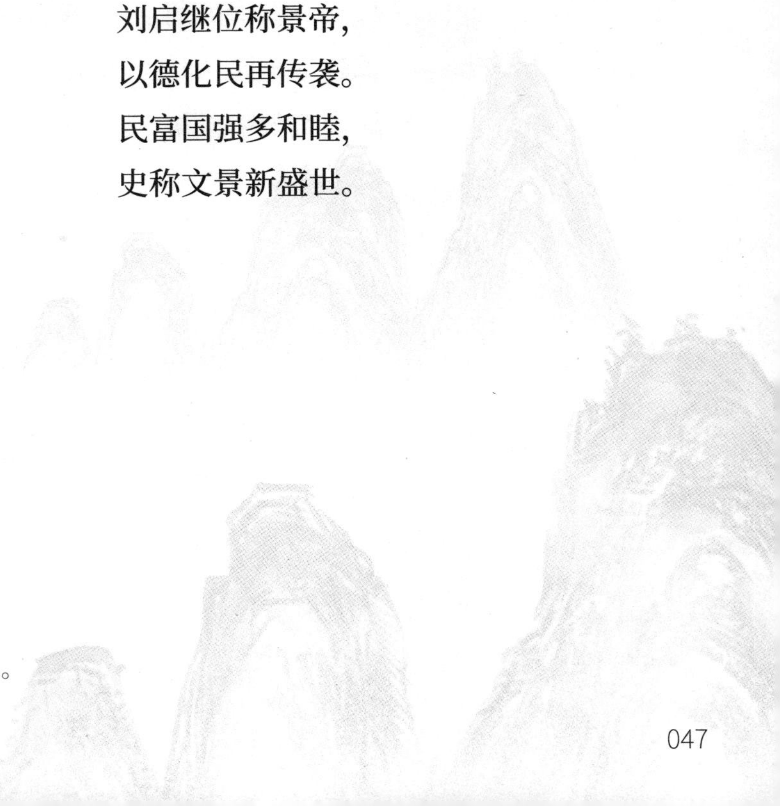

①衣不曳（yè）地。

汉武大帝威名扬，
推恩令出削藩王。
废黜百家独尊儒，
广设学府育才秧。

张骞[1]出使连他域，
丝绸之路通四方。
挥师卫青霍去病，
北击匈奴占西方。

①张骞（qiān）。

攘夷扩土并朝鲜，
版图触及太平洋。
王莽篡位废孺子①，
公元九年西汉亡。

刘秀再立大汉朝，
光武中兴②日月皓。
明章之治③精图治，
百年东汉日富饶。

①公元 9 年 1 月 10 日，西汉幼帝孺子婴被废为定安公，西汉孝元皇后王政君之侄王莽篡位登基为帝。

②刘秀，公元前 5 年—公元 57 年，东汉开国皇帝，汉高祖九世孙，汉景帝之子，长沙定王刘发后裔。

③光武中兴之后，汉明帝、汉章帝统治时期出现“大治”景象，把东汉推向鼎盛，影响深远。

东汉立朝两百年①，
励精图治壮国权。
丝绸商路贯欧亚，
挥军西域匈奴迁。

盛极而衰似梦魇，
军阀争霸起烽烟。
公元二百二十年，
曹丕篡权汉朝崩。

①东汉立朝196年。

回望两汉版图新，
东并朝鲜西葱岭[①]。
南纳交趾[②]北蒙古，
广袤大地汉圈兴。

科技探索一马先，
领先世界千几年。
蔡伦造纸弃竹简，
观天测地有张衡[③]。

①即帕米尔高原，横跨中国、塔吉克斯坦和阿富汗。

②史上曾称越南为交趾国。

③东汉时期杰出的天文学家、数学家、发明家、地理学家、文学家，天文学方面著有《灵宪》《浑仪图注》等。

《九章算术》二四六[1]，
方田粟米衰分[2]录。
少广商功和均输[3]，
勾股方程盈不足[4]。

史传始于纪元初，
草本成型在秦末。
《九章》今本魏元[5]注，
集思广益“滴”成河。

①收录 246 个应用问题。
②方田、粟米、衰（cuī）分：九章中的前三章。
③九章中的中间三章。
④九章中的后三章。
⑤三国时期魏元帝。

华佗董奉张仲景，
史称建安[1]三医圣。
中华兴盛延万代，
中医中药是功臣。

①建安，东汉末年汉献帝的年号，公元 196 年至 220 年。

第十一章

# 萧墙祸三国

曹魏蜀汉东吴国，
三国鼎立六十年。
汉后晋前时虽短，
历来朝野重笔宣。

公元一百九十年，
汉末集权制律崩。
群蜂无王皆称雄，
军阀混战烽火连。

三大枭雄三阵营，
刘备曹操与孙权。
刘孙联手败曹操，
曹操身后三国显。

公元二百二十年，
曹丕篡权魏代汉[1]。
翌年刘备又称帝，
定都成都为蜀汉。

三国时期蜀汉帝，
与时诸侯多有依[2]。
德行服人受爱戴，
陶刘让地刘备起[3]。

赤壁战后收两州[4]，
入蜀又开汉中战[5]。
曹军溃败刘军胜，
刘备建立蜀汉权。

①公元 220 年，魏王曹丕迫使汉献帝禅让帝位，立国号为大魏，史称曹魏。
②刘备自知实力有限，先后依附公孙瓒、陶谦、曹操、袁绍、刘表等诸侯。
③陶谦、刘表放弃让儿子承业，分别将领地徐州、荆州让给刘备。
④先后拿下荆州、益州，建立了蜀汉。
⑤公元 217 年开始的刘备曹操汉中争霸战。

刘备称帝二二一①，
二二三年帝城逝②。
举国托付诸葛亮③，
古今史赞循规矩④。

回顾早岁昭烈帝⑤，
图强朴实兼坚毅。
与民同席同簋⑥饮，
争霸天下尽出奇。

①公元 221 年。

②关羽被东吴所害，刘备执意发动对吴战争，结果兵败夷陵，于 223 年病逝于白帝城。

③刘备病危，召诸葛亮到白帝城，将后主刘禅托付给诸葛亮。

④陈寿在《三国志》中盛赞其为“古今之盛轨”。

⑤刘备谥（shì）号。

⑥簋（guǐ），古代盛食物的器具，多为圆形，两耳。

镇压黄巾①受功奖，
捆鞭督邮关张同。
“三顾茅庐”请诸葛，
《隆中对》②里一策红。

孔明诸葛名为亮，
三国时期蜀汉相。
运筹帷幄千里外，
忠义无顾万年芳。

①公元 184 年黄巾起义，24 岁的刘备参与镇压立下“战功”。
②诸葛亮提出占领荆、益二州，联合孙权整顿西南各族，史称《隆中对》。

《诫子书》外《出师表》，
忠事一君为天道。
木牛流马[1]孔明灯，
谋略经技及之遥。

时间过了无几年，
孙权称帝建邺边。
东吴国祚五十载[2]，
蜀汉东吴成霄烟。

①木牛流马是当年诸葛亮发明的运输工具。

②公元 229—280 年。

拱魏灭蜀司马昭[1]，
魏国重权无他枭。
相位传于司马炎[2]，
篡魏称帝“晋”国号。

晋国消灭魏蜀后，
再灭东吴三国亡。
“三家归晋”[3]又一统，
西晋再袭汉土疆。

①三国时期曹魏权臣，为晋宣帝司马懿次子，晋武帝司马炎之父，早年随父抗击蜀汉，公元 263 年兵分三路灭亡蜀汉，次年进爵晋王。

②公元 265 年，司马昭病逝，其子司马炎代魏称帝，建立晋朝，追尊司马昭为皇帝。

③指东汉末年魏灭蜀，司马炎篡魏为晋，晋灭吴的历史事件。

## 第十二章

# 两晋乱纷纷

司马[①]篡魏仿曹丕，
定都洛阳西晋立。
两晋国寿百五载[②]，
承启六朝[③]大乱期。

西晋统一五十年，
史评归为昙花现。
人口超过三千万，
太康盛世[④]无枉然。

举国腐堕侈风盛，
政风暗黑败象升。
八王内乱[⑤]国日坠，
五胡乱华[⑥]亡西晋。

①司马炎。
②共 155 年。
③指东吴、东晋、南朝宋、南朝齐、南朝梁、南朝陈六朝。
④指公元 280—289 年比较和平繁荣的时期。
⑤司马皇族八个王爷争权夺利。
⑥指匈奴、鲜卑、羯、羌、氐五个胡人大部落。

东晋立朝司马睿，
虽贯百年[1]终无形。
群雄蜂起有刘宋[2]，
南北朝[3]立晋朝倾。

回望晋朝中衰期，
文化融汇有创举。
儒道玄学无独尊，
引入佛教[4]添法理。

文风兴盛盖古法，
首推书圣王羲之。
隶草楷行皆玄远，
《兰亭》一序里程碑。

①东晋延续103年。

②刘裕建立南朝宋，史称刘宋。

③南朝和北朝的统称。公元420—589年，中国南方和北方处于分裂状态。公元420年，刘裕毁东晋立朝刘宋。

④西晋建都洛阳51年间，佛教学者竺法护等12人所译经律和集传共275部，加上新旧各种被翻译的经典58部，合计333部佛教经典著作。

画绝文绝顾恺之，
诗赋书法兼画技。
迁想形神有妙得，
《洛神赋图》成“绝笔”[1]。

田园诗派出鼻祖，
当属《饮酒》陶渊明[2]。
《桃花源记》千年传，
采菊东篱传古今。

①《洛神赋图》原作已失，现主要传世的是宋代四件摹本。

②东晋末刘宋初杰出的诗人、辞赋家、散文家，被誉为“隐逸诗人之宗”“田园诗派之鼻祖”，是江西首位文学巨匠。

第十三章

# 混战南北朝

宋齐梁陈东晋末，
史载南朝百七秋。
北朝聚合数个国，
西东北魏及齐周。

社会形态为世族，
编户附户不同家[①]。
民族融合多汉化，
广及中西东南亚。

①编户就是编入户籍的普通人家，非编户为贱民，没有资格编户，只能附籍于主家。

国争混战无止日，
兵连祸结战不止。
同室操戈争天下，
城头常换大王旗。

杨坚入朝辅静帝[①]，
集结诸臣壮权势。
静帝让位杨坚接，
北周灭亡隋朝立。

①杨坚以隋国公、中外兵马事之职入朝辅佐北周静帝。

第十四章

# 隋朝短歌行

三十七春隋朝国，
享国虽短有精华。
史称文帝[①]精图治，
开皇之治新国家。

南北朝裂百七载[②]，
天下大统又成沙。
文帝南下灭陈国，
隋朝再统大中华。

①即隋朝开国皇帝杨坚。
②南北朝存续 169 年。

杨广继位隋二世，
效父图治巨微抓。
凿建南北大运河，
炀帝[1]功及千万家。

内外举措耗国力，
兵变炀帝魂归西。
代王杨侑[2]被拥立，
李渊逼位隋朝灭。

①隋炀帝杨广。
②杨侑（yòu）。

隋朝歌短但音浓，
政经文交有勋功。
开创三省六部制①，
尚书中书门下翁②。

吏兵户礼刑工部③，
决策执行审悖公④。
君主专制有进化，
中央集权已不同。

①初创五省六部制，后完善为三省六部制。
②三省：尚书省、中书省、门下省。
③六部：尚书省下属的吏部、户部、礼部、兵部、刑部、工部。
④监察违背规定规矩之人。

推行科举选拔制，
弱化世族兴社众。
完善府兵[①]均田制[②]，
社稷徭赋暂轻松。

驰道宽平利官民，
兴修水道运河通。
朝纲牵动周遭国，
遣隋使鼎倭国捧[③]。

①军人依均田令受田，免纳租庸调，平日生产，每年有一定时间轮番宿卫，战时出征，资装自备。

②将无主地按人口数分给小农耕作，土地为国有制，耕作一定年限后归其所有。

③日本推古天皇朝曾五次遣使入隋朝拜。

第十五章

# 唐盛誉五洲

唐朝续国三百载[①]
披荆斩棘汉唐风。
百年盛世播四海，
政经人文绝骑中。

李渊袭爵唐国公[②]，
腾达多因傍隋宫。
假借尊隋刀兵起，
隋灭才卷唐雄风。

史称李渊唐高祖，
定都长安武德[③]谱。
册立建成[④]为太子，
唐朝跨入新世途。

①唐朝延续 289 年。

②李渊是北周关陇贵族家庭，袭封唐国公。因深得隋文帝垂爱，李渊于公元 617 年任太原留守，同年趁动乱起兵于晋阳，南下攻取长安，拥立隋炀帝之孙杨侑为帝，遥尊炀帝为太上皇，自领大丞相，加封唐王。

③唐朝首年为武德元年。

④长子李建成。

群雄环伺兵凶多，
嫩不制强国无果。
漠北存有东突厥[1]，
汉枭几为突厥儿[2]。

开辟关中根据地，
亲率皇朋斗枭胡。
征战十载灭群枭，
突厥归唐渐强和。

次子世民[3]武智高，
军功卓著涌心潮。
发动兵变玄武门[4]，
击杀太子位篡到。

①契丹、室韦、吐谷浑、高昌等国属东突厥族。
②窦建德、薛举、梁师都、李轨、王世充等都臣服于突厥。
③次子李世民封为秦王。
④公元 626 年 7 月 2 日李世民发动玄武门之变，击杀了太子李建成。

被逼重新立太子，
李渊再让黄龙袍。
新皇圣谓李世民，
大唐进入太宗朝。

太宗经国重吏治，
善用臣将理庙堂。
科教耕贸齐兴盛，
贞观之治[1]换新妆。

贞观奠定盛唐基，
择子李治[2]续三朝。
太宗驾崩李治接，
称谓高宗永徽号[3]。

①唐朝初年唐太宗李世民在位期间出现的政治清明、经济复苏、文化繁荣的治世局面。

②废黜太子李承乾，改立晋王李治为太子。

③唐高宗李治即位翌年改元“永徽”。

高宗袭位续贞观，
萧规曹随宴然欢。
剪除党羽无别差，
长孙褚氏①皆入圈。

华夏国疆唐为大，
西至咸海②东朝鲜。
贝加尔湖是北界，
越南横山南疆边。

开元盛世承此运，
但因高宗事生变。
废后再立武才人③，
李唐厄运到面前。

①长孙褚（chǔ）氏：剪除的党羽包括了顾命大臣长孙无忌和褚遂良。

②也有称西至黑海。

③武则天原为李世民的才人，李世民死后出家为尼，后被高宗召入宫中，在权力斗争中获胜，被立为皇后。

武氏渐问朝政事，
几经废立掌皇权。
改号武周十五载，
史上李唐“琴断弦”。

素多智计武则天，
兼涉文武多制衡。
善狠并施理家国，
治续贞观武周掀。

公元七百零五年，
神龙政变①旋风卷。
宰相联合禁将军②，
逼退武氏续李显③。

①公元 705 年，太子李显、宰相张柬之、崔玄暐等大臣在首都洛阳发动兵变，逼迫女皇武则天退位，复辟唐朝。

②张柬之和敬晖等人发动神龙政变，逼武则天让位。

③李显复帝位，号中宗。

复位五年被毒杀，
皇族相残乱翻天。
时短三帝至隆基[①]，
平息内斗渐稳权。

揭除弊政开新政，
任贤理国多从宽。
徭赋渐轻农贸好，
制律日新驱冗官。

丰粮节俭贯天下，
拓疆强国几并选。
收回河西九曲地[②]，
开元盛世[③]日中天。

①公元 712 年李隆基即帝位，史称唐玄宗。

②一般指青海省共和县至循化县沿黄河一线以南、唐洮州以西的地区。

③指在唐玄宗治理下出现的盛世。开元年间唐朝进入全盛时期，因当时年号为“开元”，史称“开元盛世”。

承平日久玄宗变，
好大喜功乱朝言。
册纳贵妃杨玉环，
酒色无度伤国根。

贵妃族兄[1]成宰相，
宦官权势手遮天。
割据势力群蜂起，
安史之乱玄宗崩[2]。

安史之乱毁唐根，
肃宗寿寝代宗延。
由盛转衰彼时状，
兴弱激荡又百年。

①杨国忠，唐朝宰相，杨贵妃族兄，专权误国，败坏朝纲，与安禄山互相倾轧，水火不容。两人的斗争成为安史之乱的导火索。

②安禄山、史思明叛乱，玄宗逃命成都，太子李亨即位，称肃宗。

黄巢[1]起义朝野苦，
官宦党争恶势延。
诸侯割据乱天下，
朱温[2]篡位夺皇权。

盛唐辉煌比大汉，
民族融合拓国疆。
文化传承通四海[3]，
龙门石窟[4]誉八方。

诗赋泰斗古今少，
李白杜甫居易[5]先。
书法大家颜真卿，
乐圣莫过李龟年。

①公元880年，黄巢北伐，朝廷历时4年才平息。

②公元907年，朱温逼哀帝禅位，唐朝灭亡。

③唐朝允许日本、南诏、新罗、渤海国学习中华文化。

④位于今河南省洛阳市，是世界上造像最多规模最大的石刻艺术宝库，被联合国教科文组织评为“中国石刻艺术的最高峰”，位居中国各大石窟之首。

⑤白居易。

画圣当属吴道子，
勾沥斜直功无边。
百米长卷《朝元图》①，
莼菜飘动吴功线②。

天子书法唐太宗，
《德护长者》③属其功。
规矩洒脱隶书体，
了然动静于胸中。

大唐续汉两盛世，
汉唐盛誉天下知。
汉人汉服汉文化，
唐装唐诗唐人街④。

①私人艺术馆收藏的约 80 米绢本长卷。
②有专家认为，画技、用笔、配色都具有吴道子风格。
③唐太宗书《佛说德护长者经》。
④很多国家、地区都有唐人街。

唐代科技创与精，
雕版印刷有其型。
火药革新多应用，
“轰”出华夏日复新。

《千金方》外《唐本草》，
药效医德广述评。
研评药草八百种，
推导医德贯古今。

天王学科说地天，
首次提出子午线。
准确有度《大衍历》，
恒星移动入人眼。

盛唐益及中华外，
农工科商无限区。
万国来朝非我求，
同一世界同一体。

第十六章

# 五代十国篇

“五代十国”大分裂，
时长超过七十年。
“五代”实为五政权，
梁唐晋汉和周国[1]。

唐末过渡宋初期，
中原“十国”多割据[2]。
群魔争霸枭雄出，
当数后周柴荣时。

①后梁、后唐、后晋、后汉、后周五个国家。

②前蜀、后蜀、南吴、南唐、吴越、闽国、南楚、南汉、南平、北汉等十个割据政权被史学家统称为“十国”。

后周首皇[①]驾崩日，
柴荣柩前登基时[②]。
三个“十年”[③]有抱负，
登基六年却归西。

柴荣柴窑柴家兵，
文武兼施图治精。
政行亲民拓疆土，
终成“储君”赵匡胤[④]。

①后周第一位皇帝郭威。

②柴荣奉后周先皇郭威遗诏灵前登基。

③柴荣曾明誓：“十年开拓天下，十年养百姓，十年致太平”。

④五代至北宋初年军事家、政治家、战略家，宋朝开国皇帝，公元960—976年在位。

“五代十国”七十载[1]，
战乱之中有创建。
首部监本[2]集“九经”[3]，
历经三国[4]二十年[5]。

宋词兴盛始“十国”，
名人名作续涌现。
韩熙载府“夜宴图”[6]，
还有《唐书》[7]二百卷。

①“五代十国”横跨72年。
②各朝国子监所刻印书籍统称“监本”。
③“九经”是九部儒家经典的合称。
④后唐、后汉、后周三朝不断编撰，历时20年完成。
⑤虽然国争连绵，但华夏发展史编撰却不分国别朝代，延绵不断。
⑥即《韩熙载夜宴图》。
⑦史称《旧唐书》。

“五代十国”时虽短，
历史位置却不轻。
清浊混战定王寇，
浴火洗礼宋诞生。

第十七章

# 两宋耻难平

宋朝立国三百年[1]，
成败荣辱皆值言。
非因内乱而亡国，
金人铁蹄破宋颜。

公元九百六十年，
陈桥兵变宋国显。
众将拜帝赵匡胤[2]，
开启宋代新纪元。

削藩弱地无割据，
杯酒剥除禁军权。
官宦豪强被约束，
天子独权施政便。

①宋朝立国 319 年。
②赵匡胤（yìn）。

募兵[1]配将清君侧，
宦官专权拔连根。
重文抑武治天下，
再行中央新集权。

“假途灭虢[2]”求一统，
挥兵南并蜀汉唐[3]。
北伐途中突殒命[4]，
“烛影斧声”古迷茫。

①古时以府兵制为主，即兵民合一，平时务农，闲时训练，战时出征。宋朝的“募兵制”奉行“养兵”之策，以备不时之需，军队职业化，军人终身制。

②假途灭虢（guó）。

③后蜀、南汉、南唐三国。

④赵匡胤公元 976 年 8 月去世。

兄终弟及赵光义，
同掠天下亲兄弟。
“古谜”有传弟所为，
“金匮之盟”①暂释疑。

光义登基称太宗，
有心再续太祖志。
内重外轻少北伐，
政经有为军力虚。

①杜太后临终时遗命，要太祖死后先传光义，再传光美即廷美，再传太祖的儿子德昭。

真宗接班太宗去，
宋代进入兴盛时。
挞伐辽国后和约，
“咸平之治”[1]出此时。

实力相约宋辽期，
互伐无果后和议。
澶渊之盟[2]宋屈辱，
北宋贡辽多“岁币”[3]。

①宋真宗赵恒在咸平年间（998—1003 年）出现的治世。

②宋辽两国经过 25 年战争后，商定以澶（chán）渊郡白河沟（河南濮阳）为界议和，此后两国百年几无战事。

③宋朝每年输送给辽国银和绢。

宋代华诞四十时，
经济全球排第一①。
总量占比三成二，
人均也超欧洲区②。

宋代“交子”即纸币，
替代铜钱新创意。
民间金融开先河，
放眼全球唯其一。

①据统计，公元 1000 年时中国国内生产总值占全球总量的一半左右。
②宋代人均国内生产总值 450 美元，西欧是 400 美元。

西夏起乱常侵扰[1]，
宋夏之战[2]少断期。
涉及宋朝五天子[3]，
胜少败多[4]恸帝志。

重内轻外弱军力，
抵抗外敌累败迹。
时至一一二七年[5]，
悍金掳走徽、钦帝[6]。

①西夏李元昊 1038 年称帝后经常侵犯宋朝。
②宋朝与西夏王朝的争霸战。
③宋仁宗、宋英宗、宋神宗、宋哲宗、宋徽宗都卷入宋夏战争。
④宋军常败。
⑤北宋靖康二年。
⑥金朝掳走宋徽宗、宋钦宗父子两帝。

史称北宋“靖康耻”，
北宋亡国即此时。
皇后大臣三千多，
遭尽金人兽蹂躏。

徽宗九子①是赵构，
出质②途中巧遁走。
父兄成金③囚徒后，
南逃拒不伸援手④。

①赵构是宋徽宗的第九个儿子，宋钦宗之弟。
②即以皇子身份质押给金人以落实议和事项。
③金国。
④出质途中择机逃离汴京。

临安[1]驻入皇遗室，
康王赵构成皇帝。
定都“南京”应天府[2]，
史上称为南宋朝。

赵构不思抗敌策，
乞求金人分半壁。
分界淮水[3]大散关[4]，
华夏耻辱无止期。

①今浙江省杭州市。

②应天府，宋朝四京城之一，今河南省商丘市睢阳区商丘古城，并非今江苏省南京市。

③淮河古称淮水。

④大散关，位于宝鸡市南郊秦岭北麓，设于西汉，废于明末。

时至一二三五年，
元军铁蹄向南驰。
宋元爆发生死战，
战后宋地剩无几。

二十年后临安陷[①]，
元军占宋已成型。
转瞬一二七九年，
崖山海战[②]宋朝倾。

① 1276 年，南宋都城临安陷落，元帝国占领宋朝大地。
②崖山位于今广东省江门市新会区。

宋元崖山大海战，
元军完胜宋军尽。
少帝投海①宋朝亡，
跟投殉国十万人②。

宋朝两度国覆倾，
并非内乱皆外侵。
亡国教训需记取：
强国务必先强军！

①陆秀夫背着少帝赵昺（bǐng）投海自尽。

②史称有十万军民忠臣追随少帝跳海殉国。

南宋苟续百五载①，
戴耻也有建树时。
政经文化有进举，
为元一统铺路基。

科学技术时领先，
首推发明指南针②。
活字印刷毕昇版③，
早于欧洲四百年。

①共 149 年。

②世界上最早发明指南针，解决了远洋航行问题。

③宋代毕昇发明活字印刷术，早于德国约翰·古腾堡约 400 年。

铸铁大炮宋代造[①]，
霹雳炮弹毁敌营。
钻探已用“卓筒井”[②]，
凿地植竹吸卤盐。

水密舱壁出宋朝[③]，
《陈甫农书》[④]教农叨。
《灵台秘苑》[⑤]注星宿，
石刻天文图尽描[⑥]。

① 1126 年宋军已用自行制造的铸铁大炮轰炸金军。

② “卓筒井”是手工制盐的“活化石”，被称为“中国古代第五大发明”。

③水密舱壁提高了船舱的抗沉性，至今仍是船舶设计中重要的结构形式。

④该书是论述中国宋代南方地区农事的综合性农书。

⑤该书原为北周庚季才所著，后由北宋王安礼等人重修，书中记录了 345 颗恒星的赤道坐标值，对研究宋代的恒星观测很有帮助。

⑥在苏州，刻星 1430 多颗，以北极为中心绘 3 个同心圆，代表北极常显圈、南极恒隐圈和赤道，28 条辐射线表示二十八宿距度，还有黄道和银河。

承前启后宋文化，
内省精致冠中华。
兼收并蓄百花放，
洛新理心①共妖娆。

满朝皆是“读书人”，
科举考试涌新潮。
贫富一同过“独木”②，
尽塑寒子成金雕。

①二程洛学、王安石新学、朱熹理学、陆九渊心学等各派各具影响力。
②比喻科举考试。

**理文史艺同异彩，**
**三教之设儒佛道。**
**文化精进大融合，**
**修心养生治世[1]妙。**

**文人墨客如春笋，**
**天之杰作盖海潮。**
**《资治通鉴》[2]贯世代，**
**《梦溪笔谈》[3]传今朝。**

①宋孝宗在《三教论》中提出“以佛修心，以道养生，以儒治世”。
②北宋司马光主编的多卷本编年体史书。
③北宋科学家沈括编写的有关中国古代自然科学、工艺技术、社会历史的综合性著作。

《赤壁怀古》[1]未远去，
《岳阳楼记》[2]今仍诵。
出泥不染《爱莲说》[3]，
君知《明月几时有》[4]？

《出师》一表真名世，
千载伯仲可知有[5]？
宋时名士耀千代，
安石清照[6]欧阳修。

①北宋文豪苏轼的词作。
②北宋范仲淹的著名散文。
③北宋周敦颐名句“出淤泥而不染，濯清涟而不妖”的出处。
④苏轼密州当差与胞弟七年未见，中秋观月兴起所作。
⑤化用南宋陆游《书愤》诗。
⑥王安石、李清照。

书画明珠冠今古，
当属《清明上河图》[1]。
徽宗[2]工笔诗书画，
独枉为帝家国枯。

寒江独钓[3]五马饮[4]，
千里江山[5]瑞鹤飞[6]。
名文名图难书尽，
宋瓷独骚多星魁。

①北宋张择端名画。
②宋徽宗赵佶（jí）。
③《寒江独钓图》是南宋马远的作品。
④《五马图》是北宋李公麟的作品。
⑤《千里江山图》是北宋王希孟作品。
⑥《瑞鹤图》是宋徽宗赵佶代表作之一。

汝官哥钧定龙[1]阵，
瓷艺技湛多求精。
金丝铁线窑变釉，
天青[2]开片[3]成瓷经。

中华文化高峰期，
当数宋代无他语。
“造极于世”史评说，
承前启后续万世。

①汝窑、官窑、哥窑、钧窑、定窑、龙泉窑。
②汝窑天青釉。
③指瓷器入窑高温烧制时釉面收缩的裂纹，后被称为“开片”。

## 录史

### 南宋陆游诗

《书愤》

早岁那知世事艰，
中原北望气如山。
楼船夜雪瓜洲渡，
铁马秋风大散关。
塞上长城空自许，
镜中衰鬓已先斑。
出师一表真名世，
千载谁堪伯仲间。

### 南宋文天祥诗

《过零丁洋》

辛苦遭逢起一经，
干戈寥落四周星。
山河破碎风飘絮，
身世浮沉雨打萍。
惶恐滩头说惶恐，
零丁洋里叹零丁。
人生自古谁无死？
留取丹心照汗青。

第十八章

# 三角辽夏金

辽国西夏和金国，
都在宋时立政权。
辽为契丹[1]夏党项[1]，
女真[3]则为金国根。

辽早金晚西夏中，
三国敌对偶纵横。
夏再立国依辽钵[4]，
辽夏为利也争锋。

①契丹族。
②党项族。
③女真族，现在的满族。
④西夏政权被北宋并吞后，李继迁不愿投降而再次立国，求得辽帝的册封。

一一二五①金灭辽，
宋夏②兵起夏不保。
西夏臣服金政权，
天盛年间盛世到③。

一一二七金灭宋④，
金夏结盟被破功⑤。
弑君内乱倾朝内，
一二二七⑥西夏终。

①1125年金国战胜辽国，辽国灭亡。

②北宋和西夏。

③ 1149—1170年，“天盛”为西夏皇帝夏仁宗李仁孝的年号。

④金朝攻取北宋，掳走徽、钦二帝，北宋灭亡，史称“靖康之耻”。

⑤蒙古崛起常扰金、夏，双方的结盟松动，甚至彼此发生争斗。

⑥ 1227年西夏被蒙古所灭。

金朝立国袭汉制，
首提中华大一统。
南宋①屈服为金臣，
满朝汉化显兴隆。

制瓷炼铁农桑旺，
杂剧戏曲江山弘。
南宋蒙古双夹击，
一二三四②金朝终。

①指宋高宗赵构。

② 1234 年金朝被南宋、蒙古南北夹击而灭亡。

辽国二百一十八①，
金朝也达百二春②。
西夏一百八十九③，
宋辽金夏迭代重。

①辽国存续 218 年。

②存续 119 年。

③存续 189 年。

第十九章

# 蒙族建“大元”

蒙古铁蹄碎金宋[①]，
外掳入侵华夏崩。
秦汉天下一朝覆，
炎黄子孙何地容？

怒火煮沸热血涌，
国破岂忍志消融。
激柔兼具[②]为救国，
蒙“元”[③]终与汉混同。

元朝立国依铁骑，
踏遍亚洲西南东。
外族首次治汉地，
百载风云应重笔。

①金朝和南宋朝。

②激进的抵抗和柔软的文化混同，金朝统治被广泛汉化，让许多仁人志士付出了智慧和生命的代价。

③蒙古族统治的元朝，政体、文化、教育、社会等方面均被汉化。

首笔当属又一统[1]，
散裂中国再聚拢。
推动海运强贸易，
造船行业壮大中。

凿通运河新创举，
包括通惠和会通[2]。
京杭运河再改造[3]，
入选“世遗”[4]有勋功。

创立政府行省制，
政体组织显效功。
元代版图及疆藏[5]，
纸币畅行通货同[6]。

①唐朝之后至元朝之前中国已四分五裂。
②忽必烈于 1289 年下令开凿了会通河，又在两年后进一步开凿了通惠河。
③元代对京杭大运河进行大规模弯改直和拓宽工作。
④京杭大运河入选世界非物质文化遗产名录。
⑤约 1300 万平方公里，含日本海、南海、天山、贝加尔湖。
⑥元代发行并使用纸币做交易结算。

创建蒙文八思巴[1]，
革新棉纺道婆功[2]。
官民兴作青花瓷，
元曲杂戏会民众。

画坛大家有五杰[3]，
王蒙吴镇黄公望。
倪瓒并同赵孟頫[4]，
泼墨书情无别样。

崇尚重墨和意境，
山水诗文生妙趣。
影响明后几百载，
来者超越无几许。

①由元朝国师八思巴创制的蒙古文字，史称“八思巴蒙古新字”。

②即黄道婆，宋末元初在海南三亚黎族学棉纺，总结出错纱、配色、综线、挈花的织造技术。元贞年间回乡，改进纺织工具，制造擀、弹、纺、织等机具，织成各种花纹的棉织品。

③有不同说法，有的认为是四杰。

④赵孟頫（fǔ）。

回望蒙古成“国”史①，
成吉思汗②唯梁柱。
少历磨难立壮志，
终成华夏百年主。

一二七一③入中原，
新主④国号改“大元”。
立国九十八载后，
亡于一三六八年。

元朝腐败无进取，
民族阶级矛盾起。
农民起义风云涌，
“布衣⑤建国元朝去。

①蒙古族统治中国，国号称元的历史。

②创建蒙古政权的铁木真，被封最高汗号“成吉思汗”。

③ 1271 年在华夏大地建立蒙古人统治的政权。

④忽必烈取《易经》中“大哉乾元”之意，定国号为“大元”。

⑤ 1368 年“布衣天子”朱元璋建立明朝。

第二十章

# 大明谱壮歌

明朝立国三百载①，
风云激荡历千变。
外驱汗室内平反，
再书中华新纪元。

明元更替汉代蒙，
燎天烽火在其中。
明朝南明②和明郑③，
主身虽异志却同。

①包括南明和明郑时期共 315 年。

② 1644—1662 年，明朝于北京失陷后在南方建立的政权的合称，历时 18 年。

③ 1662 年郑成功收复台湾到 1683 年清朝统一台湾止。

元末天下大乱时，
郭孙起义在濠地[1]。
贫苦农儿朱元璋，
浴血奋战功累奇。

曾用家名朱重八，
一贫如洗放牛娃。
皇觉寺中入僧列，
“红巾军”[2]里显才华。

①元末，郭子兴、孙德崖等起义于濠州，今安徽省凤阳市。
②由韩山童、刘福通、徐寿辉等领导的元末农民起义军，因头裹红巾，故称“红巾军”。

义勇志达被赏识，
恩师赋予义军旗[①]。
子兴[②]逝后元璋[③]接，
趁势崛起西吴地[④]。

军纪整肃战力强，
引来才将纷加持。
吸入谋士李善长[⑤]，
朱升宋濂和刘基[⑥]。

①起义将领郭子兴给予朱元璋管理义军的职权。

②郭子兴。

③朱元璋。

④正式建立西吴政权。

⑤最终成为明初左丞相。

⑥朱升，开国谋臣，翰林学士。刘基，开国元勋，上书《时务十八策》，备受宠信。

平定天下有方略①，
攻克元营集庆地②。
广积粮外缓称王③，
高筑城墙稳根基。

一三六三年之秋，
亲率水军救洪都④。
遭遇汉军鄱阳湖，
激战月余汉军除⑤。

①李善长给出了平定天下的方略。
②集庆路，即今南京。
③接受朱升“高筑墙、广积粮、缓称王”的策略。
④今江西省南昌市。彼时，陈友谅已建立陈汉政权，率领大军进攻洪都。
⑤激战 36 天陈友谅战死，朱元璋获胜。

雄心虎志朱重八，
乘胜再战取武昌。
剿灭“汉王”友谅[①]后，
南方无枭再争王。

一三六八吉年到，
“应天”设都天子诏[②]。
国号“大明”年“洪武”，
皇后马氏太子标[③]。

①陈友谅，元朝末年群雄之一、农民起义领袖、陈汉开国皇帝，自称汉王。
②朱元璋在应天即南京设都登基称帝。
③立马秀英为皇后，立朱标为太子。

同年推翻元朝[1]后，
南征北战灭众枭。
布衣天子号天下，
洪武[2]光兴始筑“巢”。

太祖在位三十载[3]，
剿灭割据驱胡枭。
政经文工农军贸，
“布衣”治下江山娇。

①攻克元大都推翻元朝。元大都范围即今北京市北至元大都土城遗址，南至长安街，东西至二环路。

②洪武是年号，区别当朝各代的名称。

③ 1368—1398 年，在位 31 年。

十六皇帝十二世[①]，
中国最后汉王朝[②]。
条约不平不签署[③]，
天子守国争分毫[④]。

大明功成有皇后[⑤]，
辅君理国顺逆晓。
化戈成帛孚[⑥]众志，
国运红日照明朝。

①明朝历经十六位皇帝，共传十二世。
②明朝之后的清朝是满族统治的王朝。
③中国历史上唯一一个不和亲、不纳贡、不签订不平等条约的王朝。
④天子守国门，君王死社稷，是个最有骨气的王朝。
⑤马皇后马秀英。
⑥孚（fú）。

为稳大明江山基，
太祖借机除重吏。
蓝玉空印胡惟庸①，
株连杀伐五万余②。

风云际会平海宇，
运筹帷幄冠古今。
“三分天下诸葛亮，
一统江山刘伯温”③。

①明初四大案：胡惟庸案、空印案、郭恒案、蓝玉案。

②四大案中诛杀五万多人。

③民间谚语。

明代“海禁”[1]意抗倭，
宽严张弛百年多。
因噎废食交流断，
阻碍进步知几何？

公元一三九二年，
高丽王朝被推翻。
俯首大明[2]求国号，
太祖赐名为“朝鲜”。

①明初朱元璋政府对海事进行海禁的政策，主要对象是商禁，禁止国人海外经商和外国商人到中国进行贸易，但进贡除外。

②李成桂推翻高丽王朝自立为王，并上奏明太祖朱元璋求赐国号。

建文称帝削藩权，
燕王[①]造反有怨言。
兵起文帝消无影[②]，
朱棣登基永乐年[③]。

永乐盛世国力强，
迁都北京[④]祈国昌。
郑和七次下西海[⑤]，
探寻世界渡远洋。

①燕王朱棣，即后来的明成祖。

②建文帝下落不明。

③明成祖朱棣，明朝第三位皇帝，1402 年即位，在位 22 年，年号“永乐”。

④明成祖朱棣于 1421 年迁都北京。

⑤郑和七次远航 30 多国，最远达非洲东岸、红海和麦加。

停罢采买平冤滥，
赈荒惩贪治国伤。
息兵养民桑梓盛，
仁宣盛世依“三杨”[1]。

土木之变[2]如梦惊，
由盛渐衰散人心。
朝廷争斗几十载，
隆庆[3]万历[4]始复兴。

①仁宗、宣宗两朝蓬勃发展，内阁大学士杨士奇、杨溥、杨荣执掌朝政多有建树，史称“三杨”。

②正统十四年即1449年，明英宗北伐，在土木堡败于瓦剌被俘。

③ 1567—1572年在位的明穆宗，年号隆庆。

④ 1572—1620年在位的明神宗，年号万历。

"隆庆新政"[①]穆宗心，
端拱寡营俭约身[②]。
军立虎将戚继光[③]，
吏有悍相张居正[④]。

四十八年万历史[⑤]，
良将贤士共辅主。
"万历中兴"十多载，
中外乂安内殷阜[⑥]。

①整治吏治，加强防务，发展经济。

②《明史》称穆宗"端拱寡营，躬行俭约"。

③明朝抗倭名将、民族英雄，杰出的军事家。

④明朝政治家、改革家，内阁首辅，力推"万历新政"，又称"张居正改革"。

⑤明神宗在位 48 年。

⑥《明史》称万历中早期"中外乂（yì）安，海内殷阜"。

章奏实施“考成法”①，
经济推行“一条鞭”②。
居正③改革功卓著，
万历兴盛可点圈。

国本之争④君臣斗，
二十八载帝怠政⑤。
明金一战⑥根基动，
大明崩塌显隐形。

①即事必专任，立限完成；层层监督，各负其责。

②“一条鞭法”：把各州县的田赋、徭役以及其他杂征合为一条，合并征收银两，按亩折算缴纳。

③宰相张居正。

④明神宗册立太子之争。

⑤明神宗 28 年不上朝，史称“万历怠政”。

⑥万历四十七年（1619 年）明军在萨尔浒之战中被后金努尔哈赤击溃，大明受到重创。

“忠贤”不忠成奸佞①，
声色犬马熹宗帝②。
崇祯回天已无力，
明朝倾覆“大顺”③立。

明朝京都④失陷后，
遗室⑤南逃建“南明”。
历时“三帝”十八载⑥，
台湾游子归大清。

①指魏忠贤，明熹宗时任司礼太监，极受宠信，专断国政，以致“只知有忠贤，不知有皇上”。

②明朝倒数第二位皇帝明熹宗，因食用“仙药”早逝。

③李自成建立“大顺”政权。

④北京。

⑤明朝皇室遗族及朝廷人员。

⑥“南明”是明朝京师北京失陷后，由明朝宗室在南方相继建立的政权的合称，历经三帝，共18年。

明朝虽朽“伟绩”多，
科技先进立鸿沟。
天医数化及农学[①]，
独步世界成鳌头。

造船长近百五米[②]，
乘员可纳一千多。
《本草纲目》[③]成药典，
《天工开物》[④]习几何。

①天文、医学、数学、化学。

②郑和航海宝船最大的长147米，宽60米，比哥伦布“发现新大陆”乘坐的船长约30米。

③《本草纲目》共52卷，明代李时珍撰于嘉靖三十一年（1552年）至万历六年（1578年），编撰合计时长为23年。

④明代科学家宋应星编著，共18卷，是中国古代一部综合性的科学技术著作，被外国学者誉为“17世纪工艺百科全书”。

《算法统宗》[1]《瘟疫论》[2]，
商工产活依其中。
《论气·气声》[3]声振动，
《物理小识》[4]辨时空。

白猿献出三光图[5]，
张仪改造浑天仪[6]。
天文望远镜“筒”立，
坤舆万国全图集[7]。

①程大位所著的一本应用数学著作，书中以珠算为主要的计算工具，列有595个应用题的数字计算。

②吴又可所著，是中医理论原创思维与临证实用新法的杰出体现。

③宋应星所著《天工开物》的一篇文章，对声音的产生和传播作出了合乎现代科学的解释。

④方以智所著，书中提出时间和空间不能彼此独立存在的时空观。

⑤明代用来预测未来天气的云图，与现代气象学惊人相似。

⑥根据浑天学说展示出天体各种运动及测量黄道及赤道坐标差的仪器，于西汉发明，明代复原。

⑦《坤舆（yú）万国全图》是利玛窦和李之藻合作绘制的世界地图，将亚洲东部居于世界地图的中央。

制定科举惠天下，
“通天”之路及农家。
乡试会试和殿试，
八股取士[1]纳穷娃。

四大名著明占三，
文化造诣硕果丰。
《三国演义》《西游记》，
《水浒传》记列其中。

①明代科举主考四书五经，考试文体为八股文，因而又称“八股取士”。

《永乐大典》[①]集百科，
三亿多字两万卷[②]。
收编图书八千种[③]，
承前启后成大典。

瓷艺制造登极峰，
青花印器[④]大如钟。
成化斗彩蝉翼薄[⑤]，
精巧天工世无双。

①明代永乐年间编纂的百科全书。

②全书含目录 60 卷共计 22937 卷约 3.7 亿字。

③汇集了彼时古今图书七八千种。

④印器指不能在轮车上一次拉胚成型的瓷器，明代时称“印器”，清代改称“琢器”。

⑤明成化斗彩“三秋杯”，小如大枣，薄如蝉翼，透光，展现了当时最高超的制瓷技术。

世界地图万历出①，
广袤中华立中央②。
教父携手教士成③，
被誉“黑色郁金香”④！

①明朝万历年间绘制了世界上最早、内容最全、最科学的世界地图——《坤舆万国全图》。

②《坤舆万国全图》首创将中国放在了世界地图的最中央。

③明朝科学家李之藻与意大利传教士利玛窦一起绘制。

④利玛窦把地图送回欧洲后引起轰动，被誉为是“不可能的黑色郁金香”。

第二十一章

# 闯王和大西

时出“闯王”高迎祥①，
自成②入伙成“闯将”。
闯王奋战牺牲后，
闯将顺位成闯王。

新王勇猛有识略，
“分兵定向”战荥阳③。
“均田免赋”众百万④，
襄阳自立“新顺王”⑤。

①明末农民起义军领袖，第一代闯王。

②即李自成，第一代闯王的主要干将。

③崇祯八年（1635 年）与各路农民军首领聚会河南荥阳（一说无此会）共商分兵定向之策。

④平均田亩免除税赋，吸引了百万民众加入起义军。

⑤崇祯十六年（1643 年），李自成在襄阳称“新顺王”。

领军百万攻明军，
歼灭明督孙传庭[1]。
公元一六四四年，
建立“大顺”号“永昌”[2]。

马不停蹄再进剿，
攻克北京明朝亡[3]。
明将三桂[4]不降伏，
闯王驱兵新战场[5]。

①李自成在河南汝州歼灭明陕西总督孙传庭的主力，旋即乘胜进占西安。
②崇祯十七年（1644 年）建立大顺政权，年号“永昌”。
③明朝末代皇帝明思宗自缢于北京煤山，明朝灭亡，但之后陆续有南明、明郑政权。
④驻守山海关的明朝总兵吴三桂。
⑤讨伐吴三桂。

三桂勾结多尔衮[1]，
引清入关战闯王。
自成败北失京畿[2]，
一路南撤抗清忙。

公元一六四五年，
闯王[3]进军扑武昌。
清军两路突来袭，
九宫山里闯王亡[4]。

①明朝总兵吴三桂勾结满清将领多尔衮进攻李自成。

②李自成战败后退出北京。

③此时李自成已成闯王。

④闯王率军转移，途经湖北通城九宫山时，遭村民误杀。

闯王摧毁明江山，
清军乘势破千关。
满人铁蹄踏华夏，
女真终结汉人盘①。

闯王同志张献忠②，
西北起义道义同。
攻克凤阳焚皇陵，
智取襄阳③灭“襄公”④。

①女真，今称满族。明将郑成功据守台湾，史称“明郑”。1683 年清军占领台湾，明郑结束，台湾回归中国。

②张献忠（1606—1647），陕西延安府人。明末农民起义领袖之一，与李自成齐名。

③1641 年，张献忠发现明兵部尚书杨嗣昌把重兵都放到四川，襄阳兵力空虚，就摆脱明军，突然带兵离开四川，一天一夜急行三四百里，成功奔袭襄阳，活捉并杀死了襄王朱翊铭。

④指襄王。

公元一六四三年，
挥军反明克武昌。
乘胜进击入天府[1]，
翌年成为大西王[2]。

国号“大西”年“大顺”[3]，
引兵西南拓战场。
大顺三载抗清军，
凤凰山上中箭亡[4]。

①四川。
② 1644 年张献忠攻入成都，建立大西政权，史称“大西王”。
③国号“大西”，年号“大顺”。
④ 1647 年 1 月 2 日张献忠引兵对抗清军，在西充凤凰山被清军硕肃亲王豪格射杀。

闯王国号是“大顺”，
年号“永昌”祈国昌。
献忠立国叫“大西”，
年号“大顺”却遭殃。

明代国师刘伯温[①]，
曾言遇“顺”则明亡[②]。
“大顺”不同但意似，
带“顺”灭明有祈想。

①刘基，字伯温，今浙江文成人。元末明初政治家、文学家，明朝开国元勋。
②刘伯温《烧饼歌》中有“遇顺则止”之句。

第二十二章

# 终结帝王朝

大明灭亡清朝立，
努尔哈赤[1]为始帝。
“八子”承传[2]袭衣钵，
三百春华[3]奉太极[4]。

公元一六一六年，
创建后金对峙明[5]。
汉满蒙族共劝进[6]，
太极称帝“金”改“清”[7]。

①爱新觉罗·努尔哈赤。
②努尔哈赤第八子，即皇太极。
③从后金算起，共296年国祚。　④清朝敬奉皇太极。
⑤后金历经两汗二十年，与明朝并立，是清朝的前身。
⑥多方劝进皇太极称帝。
⑦ 1636年，皇太极称帝后改国号为“大清”。

时至一六四四年，
清军铁骑踏中原。
明朝叛将吴三桂①，
降清引兵弃关边②。

满人入关二十年，
横扫“明余”③和自成④。
“大顺”“南明”成历史，
台湾回归家国圆⑤。

①明朝驻守山海关的总兵。

②吴三桂投降清军，引多尔衮率领清军攻入北京。

③明朝余族余党余兵。

④闯王李自成。

⑤清康熙帝于1683年命令福建水师提督施琅歼灭了明郑军队主力，收复台澎各岛，统一了全国领土。

清朝盛世康雍乾①，
增垦土地物丰源。
国泰民安平和境，
五十民族②共团圆。

康熙盛世强国力，
三次亲征③谋统一。
废除圈地富桑梓，
“汉制”治国国日兴④。

①康熙、雍正、乾隆三朝史称“康雍乾盛世”。

②彼时已超 50 个民族。

③康熙二十九年至三十五年，康熙帝三次亲征，击溃噶尔丹主力军队，将喀尔喀蒙古并入版图，为乾隆帝平定准噶尔奠定了基础。

④依照汉族文化和制度治理国家，促进了民族大融合。

青藏边塞[1]回国路，
并含巴尔喀什湖[2]。
西伯利亚是北界，
南沙群岛入版图。

东西南北大一统，
民族超过五十家。
农商发达经贸旺，
万千[3]同胞兴中华。

①青海、新疆、西藏再次回归中华。

②哈萨克斯坦的东南部。此外领土也含帕米尔高原及昆仑山、喀喇昆仑山。

③康熙前中期人口约两千万。

史评康熙功绩大，
平乱固疆稳天下。
东北西北和西南，
并拥台湾全“回家”。

清除圈地和占田，
恢复经济富农先。
维稳社会民无怨，
清代盛世已初显。

俄中边界第一“约”①，
“中国”首次主权成②。
“蔡那”（China）风行全世界，
从此“中国”全球认。

天下钱粮常免赋，
中国版图沿此朝③。
掌国推崇汉文化，
康乾盛世领风骚。

①《尼布楚条约》，是清朝和沙皇俄国签订的第一份两国边界条约。

②第一次以“中国”名义宣示主权。

③完善对西藏的统治，重纳新疆入中国版图，近代中国的版图由此正式奠定。

文化科技多顾及，
《康熙字典》《全唐诗》[1]。
天文历法测量学[2]，
农工科技都入题。

乾隆在位六十载，
史上多为唱赞歌。
农工科军皆兴盛，
文教艺术入先河。

①康熙年间编撰了《康熙字典》《古今图书集成》《律历渊源》《全唐诗》《清文鉴》《皇舆全览图》等，总计60余种，两万余卷。

②形成了《时宪历》《数理精蕴》等重要科研要籍。

京剧艺术此时起，
腔圆韵达音绕梁。
《赵氏孤儿》法文版[1]，
轰动欧洲“蔡那”（China）香。

八亿多字八万卷[2]，
《四库全书》为翘楚。
古典名著《红楼梦》，
尽描官民百态谱。

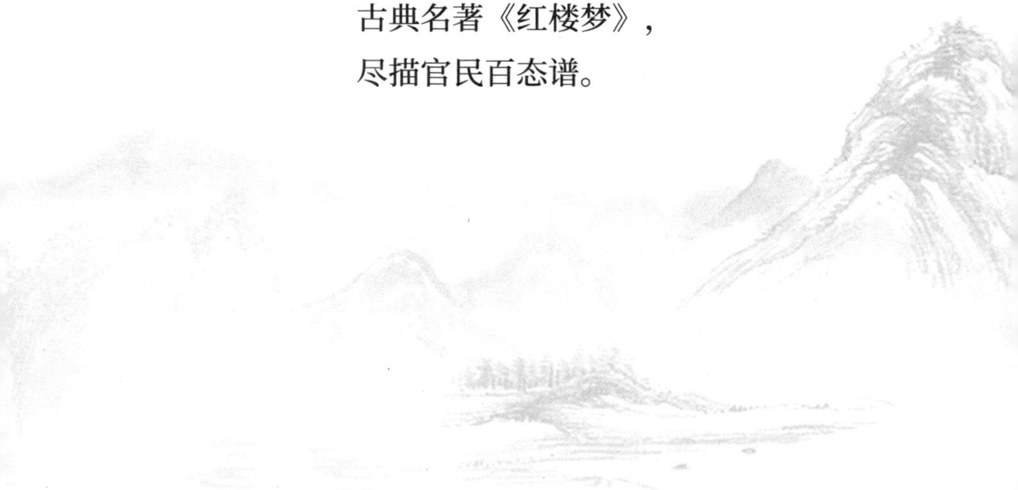

① 1735 年，由法国神父翻译并发表。

②《四库全书》分经、史、子、集四部，故名“四库”，乾隆帝主持，纪昀即纪晓岚等 360 多位高官学者编撰，3800 多人抄写，耗时 13 年编成。

传至仁宗嘉庆代，
人口增至三亿几[1]。
贪官和珅银八亿[2]，
哪个国家能比之[3]？

物产丰盛国富足，
西方列强起盗图[4]。
“一毒破门”国日坠[5]，
鸦片成为“破国毒”[6]。

①嘉庆二十五年（1820 年）全国人口 3.831 亿，其中华南占比 71.4%，华北 28.6%。

②嘉庆四年抄和珅家，搜出八亿两白银。

③乾隆年间清朝年财政收入才七千万两白银，和珅一人藏匿的财产相当于清政府 15 年的财政收入。

④西方列强企图掠夺中国财富。

⑤鸦片战争重创中国经济、政治、文化。

⑥西方列强输入鸦片毒害国民。

销烟英雄林则徐[1]，
焚毒“抽薪”英皇廷。
鸦片战争借此起，
定格一八四零年。

列强侵华毁国疆，
仁人志士救国忙。
但因国弱力不逮，
甲午战败[2]成国殇。

①在广东虎门销毁英商贩来的毒品鸦片。

② 1894 年甲午中日海战，北洋海军全军覆没，标志着历时 30 余年的洋务运动破产。

反抗压迫无古今，
“太平天国”[①]惊雷霆。
镇压起义有曾李[②]，
起义十年终败停[③]。

辛酉政变[④]夺权日，
皇权体制被改变。
慈禧慈安两太后，
垂帘听政无忠言。

① 1851—1864 年由洪秀全、杨秀清、萧朝贵、冯云山、韦昌辉、石达开等人从广西金田村发起的反封建统治、反外国侵略的农民起义战争。

②曾国藩、李鸿章师徒。

③ 1864 年，随着太平天国首都天京（即南京）陷落，太平天国运动失败。

④ 1861 年咸丰帝病死，慈禧太后发动宫廷政变，辅弼皇太子载淳为帝，总摄朝政 47 年，因时在夏历辛酉年而得名。

时间流转至晚清，
腐败权争袭旧因。
积贫积弱非一日，
新疆外犯势不停。

同治光绪两天子，
戍边固疆心同筹。
选定钦差左宗棠，
收复国土万众求。

公元一八七七年，
左公[①]挥军破南边[②]。
鏖战一载占全境，
英俄吞疆梦断缘[③]。

泥中藏莲詹天佑[④]，
京张铁路其主修[⑤]。
清朝虽朽志犹在，
争光中华无他顾。

①左宗棠。　②指新疆的南疆。

③粉碎了英俄吞并新疆的阴谋，于 1881 年成功与沙俄议定《伊犁条约》，次年清政府收回伊犁。

④詹天佑 12 岁留学美国，1878 年考入耶鲁大学主修铁路工程，被称为“中国铁路之父”。

⑤京张铁路从北京丰台出发经居庸关至河北张家口，全长约 200 公里，是中国首条由中国人自行设计施工运营的铁路。

腐朽伤根日薄西，
慈禧夺权囚光绪[1]。
“康梁”外逃[2]“六魂”在[3]，
百日维新[4]被剿熄。

再忆一九零零年，
满汉之争变灭洋[5]。
西方列强借机起，
“八国联军”[6]响刀枪。

① 1898 年 9 月 21 日，慈禧太后发动戊戌政变，光绪皇帝被囚。

②指康有为、梁启超外逃日本和法国。

③谭嗣同等戊戌六君子被杀。

④“百日维新”又称“戊戌变法”，存续了 103 天。康有为、梁启超等通过光绪帝倡导学习科学文化，改革政治制度、教育制度，开展资产阶级改良运动。

⑤帝国主义的侵略代替了华夷之辨、满汉之争，义和团开始支持清朝抵抗西方，改名为“虎神营”，口号也改为“扶清灭洋”。

⑥清光绪二十六年（1900 年），英、俄、日、法、意、美、德、奥等八个国家联合武装侵略中国。

泱泱大国行厄运，
半为殖民久遭殃。
《辛丑条约》①国权丧，
百年灾难祸华堂。

北洋大臣袁世凯，
洞悉清朝将溃崩。
诱使溥仪②逊帝位，
封建王朝终消亡③。

① 1901 年 9 月 7 日在北京签订的不平等条约。

② 1912 年 2 月 12 日，袁世凯诱使清帝溥仪逊位，颁布了清帝退位诏书，清朝从此结束。

③在中国历史上存续了几千年的封建王朝终于消亡。

回溯清朝三百载①，
区区一隅霸中原②。
野心理想企图在，
“与时俱进”③才是根。

金木水火土五行，
五行五德自伏羲。
帝王相代各其一，
太极改“清”谙其理。

①从后金到清共存续 296 年。

②以区区 50 万左右的边陲满民，统治了中华大地的 4 亿人口。

③根据统治的需要而不断改变策略和手段。

软硬兼施广分化，
人格思想被打压。
威迫利诱行共治，
例如“留头不留发”[①]。

顾“天”同时兼顾人，
治国之要先安民。
满汉一体无同异[②]，
兼施仁厚百业兴。

①打压汉人思想和人格的代表性事件是“剃发易服”。

②皇太极继位后颁布《满汉别居令》，提出“治国之要，莫先安民”，宣布“满汉一体毋致异同”。

一改“后金”为大清，
“后金”虽短作用深。
政体形态和格局，
可溯其迹三百春。

中华文明五千年，
儒道与释“和”同源。
国运势蓄千万代，
蓬勃壮大一马先！

# 后记

浩瀚历史多创举，
人文进化暂成势。
元谋袭至周秦汉①，
仰韶龙山②尽竖旗。

赞我中华立世界，
万年文明迭代联。
才识虽薄衷心在，
奋笔颂扬难不言。

五千年史时之河，
应书人事还众多。
篇幅有限难尽笔，
但富恒心抒赞歌！

2022 年 9 月 18 日

①元谋人距今约 170 万年，延续至汉朝时，中华文明已经很成熟。
②指仰韶文化、龙山文化等古文化的产生发展。

# 附录：中国朝代顺序表

<table>
<tr><th colspan="3">朝代</th><th>起讫年代</th><th>开国皇帝</th></tr>
<tr><td colspan="5">三皇五帝</td></tr>
<tr><td colspan="3">夏朝</td><td>约前 2070—前 1600</td><td>禹</td></tr>
<tr><td colspan="3">商朝</td><td>前 1600—前 1046</td><td>汤</td></tr>
<tr><td rowspan="3">周</td><td colspan="2">西周</td><td>前 1046—前 771</td><td>武王姬发</td></tr>
<tr><td rowspan="2">东周</td><td>春秋</td><td>前 770—前 476</td><td>平王姬宜白</td></tr>
<tr><td>战国</td><td>前 475—前 221</td><td></td></tr>
<tr><td colspan="3">秦朝</td><td>前 221—前 206</td><td>始皇帝嬴政</td></tr>
<tr><td rowspan="3">汉</td><td colspan="2">西汉</td><td>前 206—公元 8</td><td>高帝刘邦</td></tr>
<tr><td colspan="2">新朝</td><td>9—23</td><td>王莽</td></tr>
<tr><td colspan="2">东汉</td><td>25—220</td><td>光武帝刘秀</td></tr>
<tr><td rowspan="3">三国</td><td colspan="2">曹魏</td><td>220—265</td><td>文帝曹丕</td></tr>
<tr><td colspan="2">蜀汉</td><td>221—263</td><td>昭烈帝刘备</td></tr>
<tr><td colspan="2">孙吴</td><td>222—280</td><td>大帝孙权</td></tr>
<tr><td rowspan="2">晋</td><td colspan="2">西晋</td><td>265—317</td><td>武帝司马炎</td></tr>
<tr><td colspan="2">东晋</td><td>317—420</td><td>元帝司马睿</td></tr>
</table>

| 朝代 | | 起讫年代 | 开国皇帝 |
| --- | --- | --- | --- |
| 十六国 | 前赵（汉赵） | 304—318 | 高祖光文皇帝刘渊 |
| | | 319—329 | |
| | 成汉 | 306—347 | 太宗武皇帝李雄 |
| | 前凉 | 314—363 | 高祖明王张定 |
| | 后赵 | 319—351 | 高祖明皇帝石勒 |
| | 前燕 | 337—370 | 太祖文明皇帝慕容皝 |
| | 前秦 | 351—394 | 世宗明皇帝苻健 |
| | 后秦 | 384—417 | 太祖武昭皇帝姚苌 |
| | 后燕 | 384—407 | 世祖成武皇帝慕容垂 |
| | 西秦 | 385—431 | 烈祖宣烈王乞伏国仁 |
| | 后凉 | 386—403 | 太祖懿武皇帝吕光 |
| | 南凉 | 397—414 | 烈祖武王拓跋乌孤 |
| | 南燕 | 398—410 | 世宗献武皇帝慕容德 |
| | 西凉 | 407—421 | 太祖昭武王李嵩 |
| | 胡夏 | 407—431 | 世祖烈武皇帝赫连勃勃 |
| | 北燕 | 407—436 | 惠懿帝高云 |
| | 北凉 | 397—439 | 太祖武宣王沮渠蒙逊 |
| | ★冉魏 | 350—352 | 武悼天王冉闵 |
| | ★西燕 | 384—394 | 济北王慕容泓 |
| | ★西蜀（后蜀） | 405—413 | 谯纵 |

| 朝代 | | | 起讫年代 | 开国皇帝 |
|---|---|---|---|---|
| 南北朝 | 南朝 | 宋 | 420—479 | 武帝刘裕 |
| | | 齐 | 479—502 | 高帝萧道成 |
| | | 梁 | 502—557 | 武帝萧衍 |
| | | 陈 | 557—589 | 武帝陈霸先 |
| | 北朝 | 北魏 | 386—534 | 道武帝拓跋珪 |
| | | 东魏 | 534—550 | 孝静帝元善见 |
| | | 西魏 | 535—556 | 文帝元宝炬 |
| | | 北齐 | 550—577 | 文宣帝高洋 |
| | | 北周 | 557—581 | 孝闵帝宇文觉 |
| 隋朝 | | | 581—618 | 文帝杨坚 |
| 唐朝 | | | 618—907 | 高祖李渊 |
| 五代十国 | 后梁 | | 907—923 | 太祖朱晃 |
| | 后唐 | | 923—936 | 庄宗李存勖 |
| | 后晋 | | 936—947 | 高祖石敬瑭 |
| | 后汉 | | 947—950 | 高祖刘暠 |
| | 后周 | | 951—960 | 太祖郭威 |
| | 前蜀 | | 891—925 | 高祖王建 |
| | 后蜀 | | 925—965 | 高祖孟知祥 |
| | 杨吴 | | 892—937 | 太祖杨行密 |

| 朝代 | | 起讫年代 | 开国皇帝 |
| --- | --- | --- | --- |
| 五代十国 | 南唐 | 937—975 年 | 烈祖李鼻 |
| | 吴越 | 893—978 年 | 武肃王钱镠 |
| | 闽国 | 893—945 年 | 太祖王审知 |
| | 马楚 | 896—951 年 | 武穆王马殷 |
| | 南汉 | 905—971 年 | 高祖刘龑 |
| | 南平 | 907—963 年 | 武信王高季兴 |
| | 北汉 | 951—979 年 | 世祖刘崇 |
| 宋 | 北宋 | 960—1127 年 | 太祖赵匡胤 |
| | 南宋 | 1127—1279 年 | 高宗赵构 |
| 辽国 | | 907—1125 年 | 太祖耶律阿保机 |
| 大理 | | 937—1254 年 | 太祖段思平 |
| 西夏 | | 1038—1227 年 | 景帝李元昊 |
| 金 | | 1115—1234 年 | 太祖完颜阿骨打 |
| 元朝 | | 1271—1368 年 | 世祖孛儿只斤·忽必烈 |
| 明朝 | | 1368—1644 年 | 太祖朱元璋 |
| 清朝 | | 1636—1911 年 | 太宗爱新觉罗·皇太极 |